クリスマスに読みたい10のおはなし

編著●神戸万知

成美堂出版

もくじ

クリスマスの まえの よる …… 4
作《さく》／クレメント・C《シー》・ムーア 絵《え》／木《き》原《はら》未《み》沙《さ》紀《き》

くるみわり人形《にんぎょう》と ねずみの 王《おう》さま …… 10
作《さく》／E《イー》・T《ティー》・A《エイ》・ホフマン 絵《え》／PEIACO《ペイアコ》

マッチうりの 少女《しょうじょ》 …… 16
作《さく》／ハンス・C《シー》・アンデルセン 絵《え》／坂口友佳子《さかぐちゆかこ》

モミの 木《き》 …… 24
作《さく》／ハンス・C《シー》・アンデルセン 絵《え》／たざわちぐさ

フランダースの 犬《いぬ》 …… 32
作《さく》／ウィーダ 絵《え》／Naffy《ナッフィー》

十《じゅう》二《に》の 月《つき》の おくりもの …… 40

スロバキアの民話《みんわ》 絵《え》／たなか鮎子《あゆこ》

しあわせな 王子《おうじ》 …… 48

作《さく》／オスカー・ワイルド 絵《え》／さかたきよこ

ベツレヘムの ほし …… 56

聖書《せいしょ》 絵《え》／松村真依子《まつむらまいこ》

ゆきだるま …… 62

作《さく》／ハンス・C《シー》・アンデルセン 絵《え》／おおさわちか

クリスマス・キャロル …… 68

作《さく》／チャールズ・ディケンズ 絵《え》／にしざかひろみ

あとがき …… 78

クリスマスの　まえの　よる

作《さく》／クレメント・C《シー》・ムーア
絵《え》／木原未沙紀《きはらみさき》

クリスマスの　まえの　よるの　ことでした。
子《こ》どもたちは、くつしたを　だんろの
そばに　かけました。
「サンタさん、きて　くれるかなあ。」
「あしたの　あさが　まちどおしいね！」
わくわくしながら、子《こ》どもたちは　ベッドに
入《はい》りました。サンタクロースは　ねて　いる
あいだに　くるからです。
おとうさんと　おかあさんも、
ねむりに　つきました。いえの　中《なか》が
しんと　しずまりかえります。
ねずみさえも　ぐっすり　ねむって
うごきません。

でも、すこしして　おとうさんは　目《め》を
さましました。そとから　なにか　音《おと》が　します。
　シャラン　シャラン　シャラン
「いったい、なんだろう？」
おとうさんは　そっと　おきあがり、
まどの　そとを　のぞいて　みました。
空《そら》から　八《はっ》とうの　トナカイが、そりを
ひいて　こちらに　やって　きて　います！
そりに　のって　いるのは、
サンタクロースでした。
　シャラン　シャラン　シャラン　シャラン
音《おと》は　どんどん　大《おお》きく　なり、
やがて　ぴたりと　とまりました。
その　いえの　やねの　上《うえ》に、そりが
おりたったようです。トナカイの
ひづめの　音《おと》が　きこえて　きます。

「サンタクロースは、どう　やって
いえに　入《はい》るのだろう？」
おとうさんは　ふしぎに　おもいました。
その　とき　うしろから　大《おお》きな　音《おと》が　しました。

ボスン！

おどろいて、おとうさんが　ふりかえります。
なんと、だんろから　サンタクロースが
とび出《だ》して　きたのです！

サンタクロースは、まるまる　ふとった
おじいさんでした。けがわの　ふくを
きて、大《おお》きな　ふくろを　しょって
います。まっ白《しろ》い　ひげを　たくわえ、
目《め》は　いたずらっぽく　かがやいて
います。ほっぺは　ばらいろ。
ぷっくりした　はなは
さくらんぼのようでした。

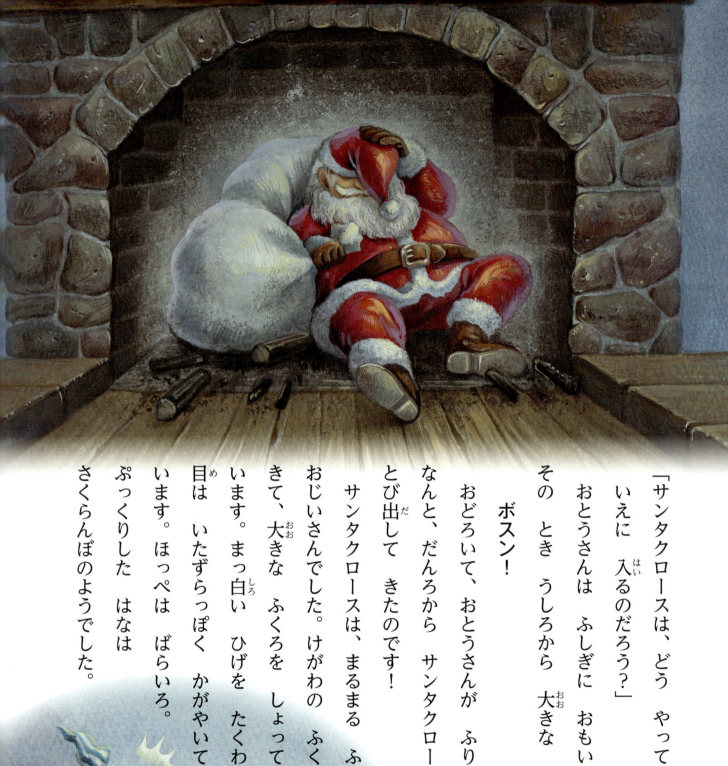

「ほお、これは　すてきな　くつしただね！」
サンタクロースが　うれしそうに
だんろの　そばの
くつしたを　ながめます。
わらうたびに、つきでた
おなかが　ゆっさゆっさと
ゆれます。
なんて　ほがらかで、ゆかいな
おじいさんなのでしょう！
おとうさんも、つい　くすっと
わらって　しまいました。
すると、サンタクロースが
おとうさんに　気《き》づきました。

まあ　見《み》ておいで！　と　いうように、
ウインクして　うなずきます。
サンタクロースは、大《おお》きな　ふくろから
おもちゃを　出《だ》して、くつしたに　せっせと
つめて　いきます。
ぜんぶの　くつしたが　プレゼントで
ぱんぱんに　ふくらみました。

サンタクロースは　せすじを　のばして
立《た》ち、もういちど　おとうさんを　見《み》ました。
しーっ、しずかに！　と、
人《ひと》さしゆびを　口《くち》に　あてます。
それから　サンタクロースは、
また　だんろに　入《はい》り、えんとつを
あがって　いきました。

サンタクロースは　やねに　出《で》て、
そりに　のりこみました。トナカイたちに
くちぶえで　あいずを　おくります。
そして、いきおいよく　空《そら》へ
まいあがりました。

おとうさんは　ずっと、まどから
サンタクロースを　見《み》おくりました。
サンタクロースと　トナカイが、どんどん
小《ちい》さく　なって　いきます。もうすぐ
すがたが　見《み》えなく　なる　とき、
こんな　こえが　きこえて　きました。
「みなさん、メリー・クリスマス！
たのしい　クリスマスをね！」

くるみわり人形《にんぎょう》と　ねずみの　王《おう》さま

作《さく》／E《イー》・T《ティー》・A《エイ》・ホフマン
絵《え》／PEIACO《ペイアコ》

クリスマス・イブの　ことです。
マリーの　いえでは、しんせきや　ともだちが
あつまり、にぎやかに　クリスマス・パーティーを
して　います。

マリーは　たくさん　プレゼントを
もらいました。その　中《なか》でも、
ドロッセルマイヤーおじさんが　くれた
くるみわり人形《にんぎょう》を　とても　気《き》に　入《い》りました。
でも、おにいさんの　フリッツは、
くるみわり人形《にんぎょう》を　見《み》て　いいました。
「なんだ、その　人形《にんぎょう》、へんな　かおだな。」

フリッツは　マリーから　人形《にんぎょう》を　うばい、
かたくて　大《おお》きな　くるみを　むりに
わろうとして、人形《にんぎょう》を　こわして　しまいました。
「おにいちゃん、ひどい！」
マリーが　なくと、ドロッセルマイヤーおじさんが
人形《にんぎょう》を　なおして　くれました。

その　よる、ねむって　いた　マリーは、
ふと　目《め》を　さましました。くるみわり人形《にんぎょう》を
おうせつまに　おいて　きて　しまったのです。
マリーは　人形《にんぎょう》を　とりに　いきました。
すると、おうせつまに　入《はい》った　とたん、
大《おお》どけいが　まよなかの　十二《じゅうに》じを　うちました。
ゴーン　ゴーン　ゴーン　ゴーン

そこに　とつぜん、ねずみの　大《たい》ぐんが
あらわれました。さらに、くるみわり人形《にんぎょう》が
おもちゃの　へいたいを　ひきいて、
ねずみと　たたかいはじめました。
ねずみの　かずが　おおすぎて、人形《にんぎょう》たちは
まけそうです。ねずみの　王《おう》さまが、
くるみわり人形《にんぎょう》に　おそいかかります。
「だめ！　やめて！」
おもわず　マリーは、はいて　いた
スリッパを　ねずみの　王《おう》さまに
なげつけました。

スコン！

みごと　スリッパが　あたり、ねずみの　王《おう》さまは　たおれて　しまいました。そして、けらいの　ねずみたちに　かかえられて　にげて　いきました。

「たすけて　くれて、ありがとう。」

マリーが　かおを　あげると、目《め》の　まえに　いたのは　くるみわり人形《にんぎょう》では　なく、うつくしい　王子《おうじ》さまでした。

「わたしは、まほうで　くるみわり人形《にんぎょう》に　かえられて　いました。おれいに　おかしの　くにへ　しょうたいしましょう。」

こうして　マリーは、王子《おうじ》さまと　いっしょに　おかしの　くにへ　むかいました。

おかしの　くには、おしろの　やねも　かべも
はしらも、ぜんぶ　おかしで　できて　います。
女王《じょおう》で　ある　こんぺいとうの　せいが、
マリーを　やさしく　むかえます。
「王子《おうじ》を　たすけて　くれて　ありがとう。
あなたを　かんげいして、パーティーを
ひらきましょう。」
パーティーでは、チョコレートや
コーヒーや　ぼうキャンディの　せいが、
たのしい　おどりを　ひろうして　くれました。
いろとりどりの　花《はな》の　せいたちも
ふわり　ふわりと　うつくしく　おどります。
さいごは、こんぺいとうの　せいが、
王子《おうじ》さまと　ゆうがに　おどりました。

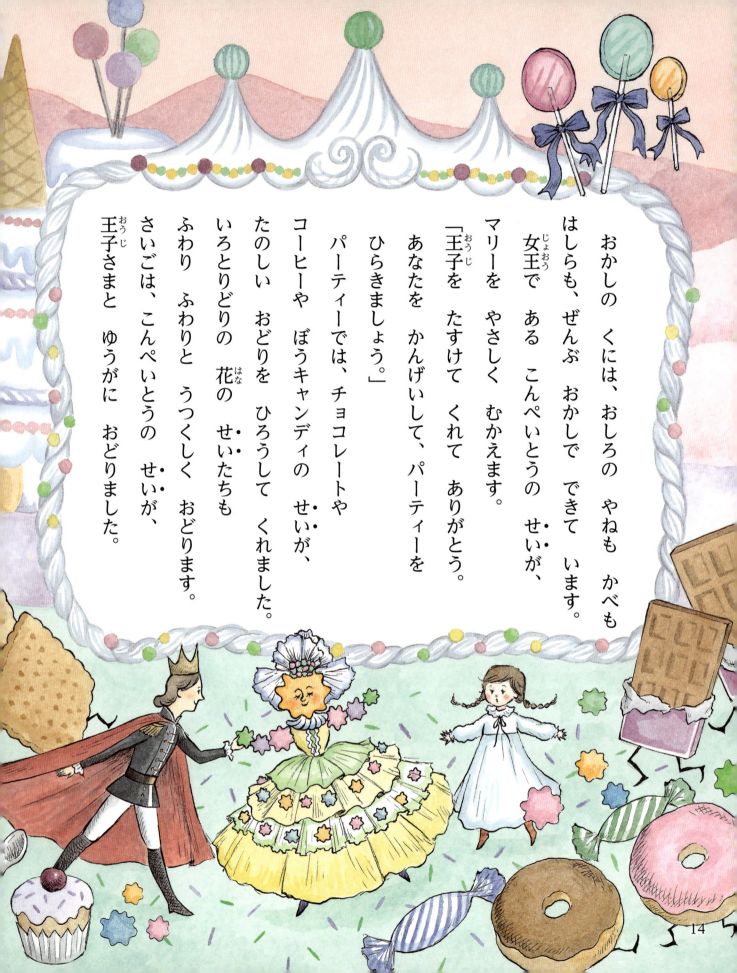

「マリー、もう　かえる　じかんだよ。」
王子《おうじ》さまが　いいました。
マリーは　ねむく　なって　きました。

目《め》が　さめると、マリーは　おうせつまの
ソファの　上《うえ》に　いました。くるみわり人形《にんぎょう》を
かかえて、ねむって　しまったようです。
まどの　そとを　見《み》ると、こなゆきが
ひらひらと　まって　いました。
「とっても　すてきな　ゆめだったわ。
すてきな　クリスマス・プレゼントね。」
マリーは、くるみわり人形《にんぎょう》を　ぎゅっと
だきしめました。

マッチうりの少女《しょうじょ》

作《さく》／ハンス・C《シー》・アンデルセン

絵《え》／坂口《さかぐち》友佳子《ゆかこ》

しんしんと　ゆきの　ふる、とても
さむい　大《おお》みそかの　よるの　ことでした。
あたりは　すっかり　くらいのに、
小《ちい》さな　女《おんな》の子《こ》が　町《まち》を　一人《ひとり》で　あるいて
いました。
「マッチは　いりませんか？
マッチを　かって　ください。」
けれど、だれも　ふりむきません。
女《おんな》の子《こ》になど　まったく　気《き》を　とめず、
いそがしそうに　とおりすぎて　いきます。
女《おんな》の子《こ》は　はだしでした。もともとは
くつを　はいて　いましたが、ばしゃを
よけた　ときに　なくして　しまったのです。
女《おんな》の子《こ》は　しゃがみこみました。足《あし》が
かじかんで　うごきません。

それでも、まだ　いえに　かえれないのです。
マッチを　ぜんぶ　うらないと、
おとうさんに　ぶたれて　しまいます。
「もう、おなかが　ぺこぺこ。
それに　こごえて　しまいそう。」
あたりの　いえには　あかりが　ともって
います。おいしそうな　りょうりの
においも　ただよって　きます。
「大《おお》みそかだもの。
みんな　早《はや》く　かえりたくて、
マッチなんて　かわないわよね。」
女《おんな》の子《こ》は　マッチを　見《み》ました。
「ああ、さむい……。
マッチに　火《ひ》を　つければ、
ゆび先《さき》くらいは　あたたまるかしら。」

女《おんな》の子《こ》は　マッチを　一本《いっぽん》　ひきぬくと、すりました。
シュッ！
マッチは　火花《ひばな》を　ちらし、いきおいよく　もえあがりました。
ろうそくの　火《ひ》ほどの　小《ちい》さな　ほのおです。
けれど、なんとも　うつくしく、ふしぎな　ほのおでした。
女《おんな》の子《こ》は　赤《あか》あかと　もえる　マッチに
手《て》を　かざしました。
「ほのおの　中《なか》に　ストーブが　見《み》える。
とーっても　あたたかい。」
女《おんな》の子《こ》は　ストーブで
あたためようと、
足《あし》を　のばしました。
ところが、すぐに
ほのおは　きえ、
ストーブも
なくなりました。

シュッ！
もう　一本《いっぽん》、女《おんな》の子《こ》は　マッチを　すりました。

つぎは　テーブルが　あらわれました。上《うえ》には　こんがりと　した大《おお》きな　がちょうの　まるやきがのって　いました。

「わあ、おいしそう！」

女《おんな》の子《こ》は　おもわず　手《て》をのばしました。

その　とたん、ほのおが　きえ、がちょうも　ぱっと　見《み》えなくなりました。のこったのは　マッチのもえかすだけです。

女《おんな》の子《こ》は、こごえる　さむさの　中《なか》で一人《ひとり》　ぽつんと　すわって　いました。

シュッ！

さらに　一本《いっぽん》、マッチを　すります。
こんどは　クリスマス・ツリーが　あらわれました。
たくさんの　ろうそくが　ともり、きれいな
かざりが　いっぱい　ついて　います。
「なんて　きれいな　クリスマス・ツリー。」
女《おんな》の子《こ》は　ツリーに　さわろうと　しました。
その　とき、また　マッチの　火《ひ》が　きえて、
ツリーも　なくなりました。

ところが、ろうそくの　あかりは
きえません。そのまま　ぐんぐんと
空《そら》へ　のぼり、ほしに　なりました。
その　中《なか》の　ほしが　一《ひと》つ、
すーっと　おを　ひいて　どこかへ
おちて　いきました。

「あっ、だれか　なくなったのね。」
女《おんな》の子《こ》は　つぶやきました。
むかし、なくなった　おばあさんが
おしえて　くれたのです。ほしが　一《ひと》つ
おちる　とき、だれかの　たましいが
かみさまの　ところへ　のぼって　いくのだと。

シュッ！

女《おんな》の子《こ》は　もう　一本《いっぽん》、マッチを　すりました。
目《め》の　まえが　ぱっと　あかるく　なりました。
あらわれたのは、なくなった　女《おんな》の子《こ》の　おばあさんでした。
マッチが　きえれば、おばあさんも　きえて
しまうのでしょうか。
「おばあさん、いっちゃ　いや！
わたしも　つれて　いって！」
女《おんな》の子《こ》は　大《だい》すきな　おばあさんが
きえないように、ありったけの　マッチを
すりました。あたりが　ひるまよりも
あかるく　なります。

おばあさんは　にっこり　わらうと、女《おんな》の子《こ》を　だきしめました。
そして、二人《ふたり》は　たかく　たかく　空《そら》を　のぼって　いきました。
さむい　ことも　おなかが　すく　ことも　ない、
かみさまの　もとへ　むかったのです。

あたらしい　年《とし》が　やって　きました。
あさ早《はや》く、町《まち》の　人《ひと》たちは、かべぞいに　うずくまる　女《おんな》の子《こ》を
見《み》つけました。女《おんな》の子《こ》は　にっこりと　ほほえみを　うかべながら、
つめたく　なって　いました。手《て》には　マッチの
もえかすが　ぎゅっと　にぎられて　いました。
「かわいそうに。この　子《こ》は　マッチを　もやして
あたたまろうと　したんだね。」
町《まち》の　人《ひと》たちは　いいました。
けれども、女《おんな》の子《こ》が　マッチの　ほのおの　中《なか》に
見《み》た　ものを　しる　人《ひと》は、だれも　いませんでした。

モミの 木《き》

作《さく》／ハンス・C《シー》・アンデルセン　絵《え》／たざわちぐさ

森《もり》に　小《ちい》さな　モミの　木《き》が　ありました。
まわりの　大《おお》きな　木《き》が　うらやましくて　しかたありません。
「あーあ、ぼくも　早《はや》く　大《おお》きく　なりたいな！」
モミの　木《き》は　えだを　ひろげて、いまよりも
ずっと　とおくの　せかいを　見《み》て　みたかったのです。
上《うえ》から　見《み》て　いた　お日《ひ》さまは　いいました。
「ここが　いちばん　しあわせなんですよ。」
けれど、モミの　木《き》には　ぴんと　きません。

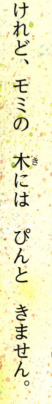

ふゆに　なり、クリスマスが　ちかづく　ころ、
まわりの　せの　たかい　木《き》が　なん本《ぼん》か
きりたおされ、そりで　はこばれて　いきました。
「みんな、どこへ　いくんだろう？」
すると、すずめが　いいました。
「町《まち》だよ。あったかい　へやへ　入《い》れられて、
きらきらした　かざりを　たくさん
つけて　いたよ。」
「へえ、いいなあ。ぼくも　あったかい　へやで
きれいに　かざって　もらいたいよ！」
そこへ　とおりかかった　きたかぜが
いいました。
「ここが　いちばん　しあわせなんですよ。」
けれど、どうしてなのか　モミの　木《き》には
さっぱり　わかりません。

一年《いちねん》、二年《にねん》と　すぎて、モミの　木《き》は　すこしずつ　のびて　いきました。やがて、きれいで　りっぱな　木《き》に　なりました。

クリスマスが　ちかづいた　ある　日《ひ》の　ことです。モミの　木《き》は、ついに　きりたおされて　しまいました。そして、町《まち》へと　はこばれたのです。

「ぼくは　どこへ　いくんだろう？　あたたかい　へやだと　いいな。」

モミの　木《き》の　ねがいは　かないました。大《おお》きな　やしきの　大《おお》きくて　あたたかい　へやの　まん中《なか》で、モミの　木《き》は　りっぱに　かざりつけられました。えだには　ろうそくが　ともされます。いろとりどりの　かざりを　つけて　もらいます。てっぺんには、金《きん》の　ほしが　きらきらと　のっかりました。

モミの　木《き》は、それは　それは　みごとな　クリスマス・ツリーに　なったのです。よるに　なると、クリスマス・パーティーが　はじまりました。子《こ》どもたちは　プレゼントを　もらって　大《おお》よろこびです。大人《おとな》たちは　たのしく　しゃべったり、おどったり　して　います。あたたかい　へやは、えがおと　わらいごえが　あふれて　いました。

モミの　木《き》も　ごきげんでした。

「クリスマスって、とっても　たのしいな。あしたは　なにが　おきるんだろう。もっと　きれいに　かざって　もらえるかな。」

ところが、つぎの　あさに　なると、
モミの　木《き》は　やねうらべやに　おしこまれました。
いろとりどりの　かざりは、ぜんぶ　とられて　しまいました。
「どうして、こんな　くらくて　さむい　ところに
いなくちゃ　ならないんだろう。」
お日《ひ》さまの　ひかりは　ほとんど　とどきません。
とりの　さえずりも　ちっとも　きこえません。
モミの　木《き》は　ひどく　かなしく　なりました。

そこに、ねずみが　やって　きました。
「こんにちは、モミの　木《き》さん。
ねえ、森《もり》の　おはなしを　きかせてよ。」
モミの　木《き》は、森《もり》での　おもいでを　はなしました。
お日《ひ》さまの　こと、とりたちとの　おしゃべりの　こと……。
「うらやましいな。あなた、とっても　すてきな
ところに　いたのね。」
ねずみは　まい日《にち》　やって　きて、
モミの　木《き》の　はなしを　ききました。
でも、そのうち　はなす　ことも　なくなり、
ねずみも　こなく　なって　しまいました。
モミの　木《き》は、また　ひとりぼっちです。

それから、どのくらい　じかんが　たったでしょうか。
モミの　木《き》は　そとに　ひきずりだされました。
ひさしぶりに　お日《ひ》さまの　ひかりを　あびました。
そよそよと　ふく　かぜが　ここちよく　あたります。
とりが　たのしそうに　さえずって　いました。
モミの　木《き》は　うれしく　なりました。
「やっと　はるが　きたんだな。
これから、ぼくは　また　ぐんぐん
大《おお》きく　なるぞ。」

けれど、モミの 木《き》は すでに かれて きいろく なって いたのです。
まだ あたまの てっぺんには、金《きん》の ほしが ついて いました。
お日《ひ》さまの ひかりを うけて、ほしが きらきら ひかります。
すると、子《こ》どもたちが その ほしに 気《き》づき、
もぎとって しまいました。
「ほら、見《み》てよ。きたない モミの 木《き》に ついて いたんだ。」

それから モミの 木《き》は 小《ちい》さく きられ、
まきに されました。
「森《もり》に かえりたいなあ。あそこでの
くらしは、ほんとうに しあわせだった。」
だんろで もやされながら、さいごに
モミの 木《き》は そう おもいました。

フランダースの 犬《いぬ》

作《さく》／ウィーダ　絵《え》／Naffy《ナッフィー》

ベルギーの　フランダースと
いう　村《むら》で、　ネロと　いう
男《おとこ》の子《こ》が、　おじいさんと　犬《いぬ》の
パトラッシュと　なかよく
くらして　いました。
おじいさんは、　ぎゅうにゅうを
町《まち》へ　はこぶ　しごとを　して
いました。　パトラッシュが
にぐるまを　ひき、　ネロも
てつだいます。
　まずしい　くらしでしたが、
大《だい》すきな　おじいさんと
パトラッシュと　いっしょで、
ネロは　しあわせでした。

ある　とき、おじいさんが　びょう気《き》に
なって　しまいました。
「ぼくが　しごとを　するから、
おじいさんは　ゆっくり　休《やす》んでね。」
ネロは　パトラッシュと　まい日《にち》　ぎゅうにゅうを
町《まち》に　はこびました。しごとを　おえると、
かならず　きょうかいに　よります。
きょうかいには　うつくしい　えが　たくさん
かざって　ありました。
ネロが　いちばん　見《み》たいのは、ルーベンスと　いう
がかの　かいた　えです。でも、ぬのが　かかって　いて、
たかい　お金《かね》を　はらわないと　見《み》られませんでした。

ネロは、大《おお》きく　なったら、がかに　なりたいと
おもって　いました。
「クリスマス・イブに　えの　コンクールが　あるんだ。
一《いっ》とうを　とったら、お金《かね》が　もらえるんだって。そうしたら、
おじいさんの　くすりを　かって、えも　見《み》られるかな？」
ネロは　パトラッシュに　はなしながら、えを　しあげました。

ネロには　パトラッシュの　ほかに、
アロアと　いう　ともだちが　いました。
村《むら》で　いちばん　お金《かね》もちの　いえの
むすめです。でも、アロアの
おとうさんは、まずしい
ネロを　きらって
いました。

ネロが　アロアと　あそんだ　日《ひ》、
アロアの　いえが　かじに　なりました。
「おまえの　しわざか!?」
アロアの　おとうさんは、
ネロが　火《ひ》を　つけたと　かってに
きめつけました。その　せいで、
村《むら》の　人《ひと》たちは　ネロに　つめたく　なり、
しごとも　もらえなく　なりました。
もうすぐ　クリスマスと　いう　とき、
びょう気《き》だった　おじいさんが
ついに　なくなりました。
「もう　ぼくには、パトラッシュしか
いなく　なっちゃった。」
ネロは　なきながら　パトラッシュを
だきしめました。

ネロは　やちんが　はらえなく　なり、
いえを　おいだされました。もう　たべものを
かう　お金《かね》も　ありません。
コンクールも、一《いっ》とうを　もらったのは
お金《かね》もちの　いえの　子《こ》でした。
「おじいさんの　ところへ　いきたい。」
すっかり　つかれはてた　ネロが、大《おお》ゆきの
中《なか》を　とぼとぼと　あるいて　いると、
パトラッシュが　なにかを　見《み》つけました。
「アロアの　おとうさんの　さいふだ。」
すぐに　とどけに　いきましたが、
おとうさんは　るすでした。ネロは、アロアの
おかあさんに　さいふを　わたしました。
「見《み》つけたのは　パトラッシュです。
たべものを　あげて　もらえませんか。」

そう　いうと、ネロは　パトラッシュを
のこし、きょうかいに　むかいました。
「ぼくには　もう　なにも　ないよ。
せめて　ルーベンスの　えを
ひと目《め》でも　いいから　見《み》て　みたい。」
すると、パトラッシュは　すきを　みて
アロアの　いえを　とびだし、ネロを
おいかけました。ひっしで　においを　たどり、
きょうかいへ　はしります。
アロアの　おとうさんは、さいふを
おとした　ことに　気《き》づき、がっかりして
いえに　かえって　きました。
「ネロが　とどけて　くれたのよ。」
アロアの　おかあさんが　いうと、おとうさんは
これまで　ネロに　ひどい　しうちを　した
ことを　くやみました。あやまって、おれいを
したいと　こころから　おもいました。

きょうかいで、ネロは　たおれて　いました。
パトラッシュが、ネロの　かおを　なめます。
ネロが　かすかに　目《め》を　あけました。
「パトラッシュ、きて　くれたんだ。ここは　さむいね。」
ネロは　パトラッシュを　ぎゅっと　だきしめました。
ゆきは　やんで　いました。ふと　月《つき》の　ひかりが
さしこみ、ルーベンスの　えを　てらします。
ぬのは　かかって　いませんでした。
ネロは　ついに　あこがれの　えを
見《み》る　ことが　できたのです。
「ごらんよ、パトラッシュ、
すごく　きれいだ。」

クリスマスの　あさ、村《むら》の　人《ひと》たちは、
きょうかいで　だきあって　しんで　いる
ネロと　パトラッシュを　見《み》つけました。
「すまない、ネロ。」
アロアの　おとうさんが、なみだを
ながして　あやまります。けれど、
ネロと　パトラッシュの　たましいは、
おじいさんの　まつ　てんごくへ
のぼって　いきました。

スロバキアの民話《みんわ》

十二《じゅうに》の 月《つき》の おくりもの

絵《え》／たなか鮎子《あゆこ》

むかし、ある　ところに、おかあさんと
二人《ふたり》の　むすめが　くらして　いました。
おかあさんは、ほんとうの　むすめの
ホレーナばかり　かわいがり、まま子《こ》の
マルーシカには、つらく　あたります。
ホレーナは　わがままで、いつも
マルーシカを　こきつかって　いました。

とても　さむい　ふゆの　ある　日《ひ》の
ことでした。ホレーナが　いいました。
「マルーシカ、森《もり》で　すみれを　つんで　きて。
おびに　かざりたいから。」
「そんなこと　むりよ。はるに　ならないと
すみれは　さかないもの。」
「うるさい！　さっさと　いきな！
つんで　こなければ、いえに　入《い》れないよ！」
マルーシカは　なきながら、森《もり》へ　むかいました。
ゆきが　ふりつづけ、さむくて　こごえそうです。
その　とき、とおくの　ほうで、
ちらちらと　火《ひ》が　見《み》えました。
「なにかしら？」

マルーシカが　ちかづいて　みると、
そこでは　十二人《じゅうににん》の　人《ひと》たちが、たき火《び》を
かこんで　すわって　いました。
この　人《ひと》たちは　一月《いちがつ》から　十二月《じゅうにがつ》までの
十二《じゅうに》の　月《つき》でした。
マルーシカは　ゆう気《き》を　出《だ》して、
こえを　かけました。
「すみません、こごえそうなんです。
たき火《び》に　あたらせて　ください。」
「どうぞ、むすめさん。でも、こんな
さむい　森《もり》に　なぜ　きたのかね？」
「すみれを　つみに　きました。
見《み》つけないと　いえに　かえれません。」
マルーシカが　わけを　はなしました。

「それは　かわいそうに。」
すると、三月《さんがつ》が　立《た》ちあがり、つえを
大《おお》きく　ふりました。たき火《び》が　もえあがり、
あっと　いう　まに　ゆきが　とけ、
あたりは　はるに　なりました。じめんから
草《くさ》が　生《は》え、すみれが　さきはじめます。
「むすめさん、早《はや》く　つみなさい。」
「ありがとう　ございます。」
マルーシカは　ていねいに　おれいを　いい、
すみれを　もって　いえに　かえりました。
すみれを　見《み》て、ホレーナは　おどろきました。
「どこで　見《み》つけたの？」
「森《もり》の　おくよ。」

つぎの　日《ひ》、ホレーナは　いいました。
「マルーシカ、いちごが　たべたいの。森《もり》で　つんで　きて。」
「むりよ。いちごは　なつに　ならないと　とれないわ。」
「うるさい！　さっさと　いきな！
見《み》つけるまで　かえって　くるんじゃ　ないよ！」
マルーシカは　なきながら、いちごを
さがしに　森《もり》に　入《はい》りました。おくへ　すすむと、
また　十《じゅう》二《に》の　月《つき》が　たき火《び》の　まわりに
すわって　いました。
マルーシカが　ちかづいて　いいました。
「たき火《び》に　あたらせて　ください。
こごえそうなんです。」
「どうぞ、むすめさん。
でも、なぜ　また　きたのかね？」
「いちごを　さがして　いるんです。
見《み》つけないと　かえれません。」

すると、こんどは　六月《ろくがつ》が　立《た》ちあがり、
つえを　大《おお》きく　ふりました。たき火《び》が
もえあがり、あっと　いう　まに　ゆきが
とけ、あたりは　なつに　なりました。
木《き》の　下《した》で　草《くさ》が　おいしげります。つぎつぎと
花《はな》が　さき、赤《あか》い　いちごが　なって　いきました。
「早《はや》く　つみなさい！」
マルーシカは　ていねいに　おれいを　いうと、
いちごを　かかえて　いえに　かえりました。
ホレーナは　口《くち》いっぱいに　いちごを
ほおばり、ぜんぶ　たべて　しまいました。

つぎの　日《ひ》、ホレーナは　りんごを
ほしがりました。マルーシカは　森《もり》に　入《はい》り、
また　十二《じゅうに》の　月《つき》に　たすけて　もらいました。
りんごを　たべた　ホレーナは、どうしても
もっと　ほしくて　たまりません。
そこで、こんどは　じぶんで　森《もり》へ　とりに
いく　ことに　しました。
森《もり》で　十二《じゅうに》の　月《つき》の　たき火《び》を　見《み》つけると、
ホレーナは　あいさつも　せず、
かってに　火《ひ》に　あたりました。
「おまえさんは、なにを　しに　きた？」
「うるさいわね。かんけいない　でしょ！」

その　とたん、たき火《び》が　きえました。
ホレーナは　こごえて　ゆきの　中《なか》で
たおれて　しまいました。
　ホレーナが　かえって　こないので、
おかあさんは　森《もり》へ　さがしに　いきました。
けれど、二人《ふたり》とも　にどと　もどって
きませんでした。

　それから　マルーシカは、
やさしい　わかものと　けっこんし、
いつまでも　しあわせに
くらしたと　いう　ことです。

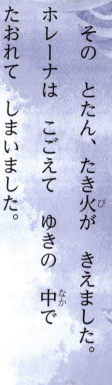

しあわせな 王子《おうじ》

作《さく》／オスカー・ワイルド　絵《え》／さかたきよこ

ある 町《まち》に、「しあわせな 王子《おうじ》」と
よばれる どうぞうが ありました。
ひろばから、町《まち》を 見《み》おろすように 立《た》って
います。
王子《おうじ》の からだは 金《きん》ぱくに おおわれ、
目《め》には サファイア、けんには ルビーが
はめこんで ありました。たいへん
りっぱで うつくしい どうぞうです。
町《まち》の 人《ひと》たちも とても じまんに
おもって いました。
ある よる、つばめが 王子《おうじ》の 足《あし》もとに
おりたちました。ふゆに なる まえに、
なかまの まつ みなみの くにへ むかう
とちゅうだったのです。

「あさに なったら、また すぐ とびたとう。」
つばめが 休《やす》んで いると、上《うえ》から
水《みず》の しずくが あたまに おちて きました。
「あれ？ 雨《あめ》かな？」
つばめが かおを あげると、それは
王子《おうじ》の なみだでした。
「王子《おうじ》さま、どうして ないて
いるんですか？」
「町《まち》のね、ふこうな 人《ひと》が たくさん
見《み》えるからだよ。それが かなしくて
ないて いるんだ。」
王子《おうじ》の 目《め》には なみだが
いっぱい たまって います。

「町《まち》の　はずれに　まずしい　おやこが
いてね。子《こ》どもが　びょう気《き》なのに、
ははおやは　くすりを　かえない。
つばめくん、ぼくの　けんから　ルビーを
とって、とどけて　あげて　くれないか？」
つばめは　ルビーを　くわえ、
その　おやこの　ところへ　はこびました。
つぎの　日《ひ》、王子《おうじ》は　また　つばめに
たのみました。
「あそこの　やねうらに、たべものが　なくて
いまにも　しにそうな　わかものが　いる。
ぼくの　目《め》の　サファイアを　とどけて
あげて　くれないか？」
「目《め》を　とるなんて！
そんな　ひどい　こと　できません。」
つばめは　いやがりました。

けれど　王子《おうじ》に　たのまれ、
つばめは　しかたなく、サファイアを
目《め》から　はずして　わかものに　とどけました。

その　つぎの　日《ひ》、つばめが　みなみに
たびだとうと　おもって　いる　とき、
王子《おうじ》が　いいました。

「マッチうりの　女《おんな》の子《こ》が、マッチを
みぞに　おとして　しまったんだ。
はだしで　かわいそうに……。
ぼくの　もう　かたほうの　目《め》の　サファイアを
とどけて　あげて　くれないか？」

「でも、そう　したら、王子《おうじ》さまは　目《め》が
見《み》えなく　なりますよ。」

「それでも　いいんだ。たのむよ。」

つばめは、サファイアを　女《おんな》の子《こ》に　とどけました。

「王子《おうじ》さま、これからは　ぼくが　あなたの　目《め》の
かわりに　なります。」
「でも、きみは　みなみの　くにへ　いかないと　いけないよ。」
「いいえ、ぼくは　王子《おうじ》さまの　そばを　はなれないと
きめました。」
それから　まい日《にち》、つばめは　町《まち》の　空《そら》を　とび、
見《み》た　ことを　王子《おうじ》に　はなしました。町《まち》には　まずしくて
くるしんで　いる　人《ひと》が　まだまだ　います。
「つばめくん、ぼくの　からだの　金《きん》ぱくを
はがして、とどけて　あげて　くれないか？」
つばめは　すこしずつ　金《きん》ぱくを
はがしては、こまって　いる　人《ひと》に
とどけました。

それに　つれて、
王子《おうじ》の　からだは、だんだん
くろく　なって　いきました。
やがて、ゆきが　ふりはじめました。
ついに　ふゆが　やって　きたのです。
つばめは　すっかり　からだが　ひえきって、げん気《き》が
なくなりました。もう　とぶ　ことも　できません。
「おわかれです、王子《おうじ》さま。」
「ついに　みなみへ　いくのかい？」
「いいえ、もっと　とおい　ところへ……。」
つばめは　王子《おうじ》さまの　足《あし》もとで　たおれて
いきを　ひきとりました。
その　とき、王子《おうじ》の　からだの　中《なか》で、なまりの　しんぞうが
バリッ！と　まっぷたつに　われました。

町《まち》の　人《ひと》たちは、金《きん》ぱくが　なくなった
王子《おうじ》に　気《き》づきました。いつの　まにか
なんとも　みすぼらしく　なって　います。
「すっかり　うすぎたなく　なったね。」
「もう　ふるいし、こわして　しまおう。」
王子《おうじ》の　どうぞうは　とりこわされ、つばめと
いっしょに　ごみすてばに　すてられました。
その　ようすを　見《み》て　いた　かみさまは、
てんしに　いいました。
「あの　町《まち》で　いちばん　とうとい　ものを
二《ふた》つ　もって　きなさい。」
てんしは　まよわず　ごみすてばに
むかいます。そして、王子《おうじ》の
なまりの　しんぞうと、つばめの
なきがらを　ひろいあげ、
かみさまの　もとへ　もどりました。

「よしよし。たしかに　この　二《ふた》つだ。」
かみさまは　にっこり　ほほえむと、
王子《おうじ》と　つばめを　てんごくで
よみがえらせました。
二人《ふたり》は　いつまでも　しあわせに
くらした　ことでしょう。

聖書《せいしょ》

ベツレヘムの ほし

絵《え》／松村真依子《まつむらまいこ》

ガラリアの ナザレと いう 町《まち》に、マリアと
いう むすめが くらして いました。
ある とき、マリアの いえに
てんしが 入《はい》って きて いいました。
てんしと いうのは、かみさまの つかいです。
「マリア、あなたは かみさまの めぐみを うけて、
男《おとこ》の子《こ》を うみます。名《な》は『イエス』と つけなさい。
その 子《こ》は、人《ひと》びとの すくいぬしと なるでしょう。」
マリアの いいなずけの ヨセフの ところにも、
おなじように てんしが おとずれました。
やがて、マリアは ヨセフと けっこんし、
てんしの いったとおりに おなかに 子《こ》を
やどしました。

十二月《じゅうにがつ》二十四日《にじゅうよっか》の　ことです。
マリアと　ヨセフは、ベツレヘムと　いう
町《まち》に　やって　きて　いました。ところが、
とまる　ばしょが　見《み》つかりません。しかたなく、
二人《ふたり》は　うまごやで　ねる　ことに　しました。
この　ころ、マリアの　おなかは　かなり
大《おお》きく　なって　いました。もう　いつ
生《う》まれても　おかしく　ありませんでした。
まよなかを　すぎて、十二月二十五日《じゅうにがつにじゅうごにち》、
マリアは　男《おとこ》の　赤《あか》ちゃんを　うみました。
「かわいい　赤《あか》ちゃんね。」
「ぶじに　生《う》まれて　よかった。」
マリアと　ヨセフは　ほっと　しました。
うまごやは　しゅくふくの　ひかりに
つつまれました。

さて、うまごやから　すこし　はなれた
おかでは、ひつじかいたちが　ひつじの　ばんを
して　いました。
とつぜん　あかるい　ひかりが　あらわれ、
ひつじかいたちは　とても　おどろきました。
「いったい、なにが　あったんだ？
いって　みよう。」
うまごやに　つくと、ひかりの　中《なか》に
てんしが　立《た》って　いました。
「こんや、あなたたちの　すくいぬしが
ここで　お生《う》まれに　なりました。」
ひつじかいたちは　うまごやを　のぞきました。

とても　かわいらしい　赤《あか》ちゃんが、
かいばおけの　中《なか》で　すやすやと
ねむって　います。
「なんと　あいらしい！」
ひつじかいたちは　つぎつぎと
うまごやに　入《はい》りました。みんな、
生《う》まれた　ばかりの　すくいぬしに
あいさつが　したいのです。
「はじめまして、すくいぬしさま。」
「ごたん生《じょう》、おめでとう　ございます。」

その　ころ、三人《さんにん》の　はかせが、にしの　空《そら》で　ふしぎに　かがやく
ほしを　見《み》つけました。
「あれは！　きっと　すくいぬしが　お生《う》まれに　なったのだろう！」
三人《さんにん》は　ほしを　おって、にしへ　にしへと　すすむと、
やがて　ベツレヘムに　つきました。
ほしは、うまごやの　上《うえ》で　とまりました。
「うまごやに、すくいぬしが　いると　いうのか？」
三人《さんにん》の　はかせは、おそるおそる　うまごやに　入《はい》りました。
そこには、かいばおけに　すやすやと　ねむる
赤《あか》ちゃんが　いました。

「まちがいない。この　かただ。」
はかせたちは、赤《あか》ちゃんと
マリアと　ヨセフに　たからものを
たくさん　ささげ、おいわいしました。
赤《あか》ちゃんは、てんしに　いわれた　とおり、
イエスと　名《な》づけられました。

クリスマスは、イエスの　たん生《じょう》を　おいわいする　日《ひ》です。
いまでも、まい年《とし》　たくさんの　人《ひと》が　クリスマス・ツリーを
かざり、きょうかいへ　いき、ごちそうを　たべて　いわいます。
その　ツリーの　てっぺんに　かがやく　ほしは、
三人《さんにん》の　はかせを　ベツレヘムに　みちびいた　ほしなのです。

ゆきだるま

作《さく》／ハンス・C《シー》・アンデルセン
絵《え》／おおさわちかか

ある　ふゆの　日《ひ》の　ことです。
おやしきの　まえに、とても　りっぱな
ゆきだるまが　できあがりました。
ゆきだるまの　口《くち》は　ふるい　くまでで
できて　います。だから、ちゃんと
はが　あり、ことばも　はなせました。
「んー、さむくって　気《き》もちが　いいなあ。」
ゆきだるまは　いいました。
「おや、これは　なんだろう？」
すると、そばで　くさりに　つながれて
いた　年《とし》よりの　犬《いぬ》が　こたえました。

「おやしきさ。」
「おやしきって、なに？」
「とっても　すてきな　ところだよ。
おいしい　ものが　いっぱい
たべられるんだ。でも、なんと
いっても　いちばんは　ストーブだ。」
「ストーブ？」
「ああ、いまでも　おもいだすよ。
こんな　さむい　とき、ストーブは　さいこうだった！」
「そんなに　すばらしい　ものなの？」
「そうとも！　そばに　いると
あたたかくて、とっても　気《き》もちが
いいんだ。ほら、その　まどから
見《み》えるだろ？」
さっそく　ゆきだるまは、まどから
おやしきを　のぞいて　みました。

そこには、ぴかぴかで　つややかな
くろい　ものが　ありました。
下《した》の　ほうでは、ほのおが
ひかって　います。

「あれが　ストーブなんだね。
うん、たしかに　うつくしい。」
見《み》て　いる　うちに、なんとも
いえない　ふしぎな　気《き》もちが
じわじわと　こみあげて　きました。
ゆきだるまは、ストーブを
すきに　なって　しまったのです。
「ねえ、きみは　どうして、
あの　すてきな　ストーブから
はなれて　しまったの？」
「おやしきの　人《ひと》に、そとへ　出《だ》されて
しまったからさ。ストーブは、
いまでも　こいしいよ。」
犬《いぬ》は　しょんぼりして、さびしそうに
いいました。

それから　ゆきだるまは、
ひとばんじゅう　ストーブを
うっとりと　見《み》つめて　いました。
「ほんとうに　きれいだ。いくら
見《み》ても　あきないよ。ああ、ぼくも
おやしきに　入《はい》りたい。なんとか
あの　ストーブに　あいたいなあ。」
ところが、よるが　あける　ころ、
まどに　しもが　おりて、おやしきの
中《なか》が　見《み》えなく　なりました。
「ひどいよ、ひどいよ、
あの　ストーブを　ながめる
ことも　ゆるされないなんて！」
ゆきだるまは、こころから
かなしみました。

あさに　なりました。
お日《ひ》さまが　あがるに　つれ、また　ストーブが
見《み》えるように　なりました。
「やっぱり　うつくしい。
どうしても　あの　ストーブに　あいたい。
そばに　いきたいなあ。」
けれども、その　ねがいは　けっして
かなう　ことは　ありませんでした。
ゆきだるまは、まい日《にち》　いとしい　ストーブを
ただ　ひたすら　見《み》つめて　すごしました。
やがて　はるが　ちかづき、あたたかく
なって　いきました。ゆきが　とけはじめ、
ゆきだるまも　どんどん　やせて　いきました。
「このまま　ストーブに　あえないのかな。」
ゆきだるまは　ぽつりと　つぶやきました。

そして、ある　あさ　ついに
ゆきだるまは　くずれおちました。
ゆきだるまの　いた　ところに、ほうきの
えのような　ものが　つきたって　います。
「そうか、わかったぞ！」
年《とし》よりの　犬《いぬ》が　大《おお》きな　こえで
いいました。
「ゆきだるまの　からだには、ストーブの
火《ひ》かきぼうが　入《はい》って　いたのか！
だから、あんなに　ストーブを
こいしがったんだ。」
こうして、ふゆが　おわりました。

クリスマス・キャロル

作《さく》／チャールズ・ディケンズ
絵《え》／にしざかひろみ

クリスマス・イブの　ことです。
そとは　こごえるような　さむさです。
この　日《ひ》は、クリスマスを　いわう　ために、
人《ひと》びとは　しごとが　おわる　じかんが　くると、
早足《はやあし》で　いえに　むかいます。
けれど、スクルージと　いう　おじいさんは
まだ　みせを　しめて　いませんでした。
スクルージは、がんこで　けちんぼで
いじわるです。一人《ひとり》ぐらしで、町中《まちじゅう》の　人《ひと》から
きらわれて　いました。

じむいんの　ボブにも、プレゼント
どころか、クリスマスの　おいわいの
ことばすら　かけません。
おいっ子《こ》の　フレッドが　みせを
たずねて　きました。
「おじさん、クリスマス　おめでとう！」
「なにが　クリスマスだ。ほかの　日《ひ》と
なにも　かわらないじゃないか。」
「そんな　ことを　いわずに、うちで
いっしょに　夕《ゆう》しょくを　たべて
おいわいしましょう。」
「くだらん、ことわる。」

その　日《ひ》の　よる、スクルージが　ベッドに
入《はい》ろうと　した　ときの　ことです。
　ゴーン　ゴーン　ゴーン
ぶきみな　かねの　音《ね》が　なりひびき、
白《しろ》い　ふくを　きた　ゆうれいが
あらわれました。
「わたしは、かこの　クリスマスの
ゆうれいです。あなたを　かこへ
つれて　いきましょう。」
スクルージは　ゆうれいに　つれられ、
空《そら》を　とんで　いくと、学校《がっこう》に
男《おとこ》の子《こ》が　ぽつんと　いました。
「あの　子《こ》どもは　あなたです。
クリスマスも　ひとりぼっちで
さびしかったですね。」

つぎの　ばしょには、わかものだった　スクルージが
こいびとと　いっしょに　いました。
けれど、スクルージは　お金《かね》もうけばかり
して　いて、こいびとを　ほうりっぱなしです。
「あなたは　わたしよりも　お金《かね》が　だいじなのね。」
こいびとは　はなれて　いきました。

スクルージが　いえに　もどると、
また　かねが　なりました。
ゴーン　ゴーン　ゴーン
つぎは　みどりの　ふくを　きた
ゆうれいが　あらわれました。
「わたしは　げんざいの　クリスマスの
ゆうれいだ。さあ、いこう。」

さいしょに　ついたのは　じむいんの　ボブの
いえでした。まずしい　くらしですが、かぞくそろって
クリスマスを　いわって　います。
ボブの　すえっ子《こ》の　ティムは、おもい
びょう気《き》に　かかって　いましたが、
ずっと　にこにこ　わらって　いました。
ボブは　いいました。
「スクルージさんの　しあわせも
いのって　かんぱいしよう。」
「あんな　けちで　いばりんぼの　じいさんに？」
「やとって　いただいて　いるから、
クリスマスが　いわえるんだよ。」
すくない　きゅうりょうしか　はらって
いないのに、スクルージは　はずかしく　なりました。
スクルージは　ゆうれいに　ききました。
「ティムの　びょう気《き》は　なおるのか？」
「いまの　ままだと　むずかしいでしょうね。」

それから、おいっ子《こ》の　フレッドの　いえに　いくと、
クリスマス・パーティーが　ひらかれて　いました。
「ことしも　スクルージおじさんに
こえを　かけたの？」
「うん、でも、クリスマスなんて
くだらないって　いわれたよ。」
フレッドが　なかまと　はなして　います。
「気《き》むずかしい　おじさんで　たいへんだなあ。」
「だけど、ねは　わるい　人《ひと》じゃ　ないんだ。
いつか　気《き》もちが　つたわると　いいな。
おじさんにも　しあわせに　なって　ほしいからさ。」
スクルージは　おどろきました。
じぶんを　すきな　人《ひと》なんて、いないと
おもって　いたのです。

いえに　かえると、また　かねの　音《ね》が　しました。

ゴーン　ゴーン　ゴーン

こんどは　まっくろの　ふくの　ゆうれいが
あらわれました。どうやら　みらいの
クリスマスの　ゆうれいの　ようです。
ゆうれいは　だまって　スクルージを
町《まち》へ　つれて　いきました。
町《まち》の　人《ひと》たちが　はなして　います。
「あの　じいさん、しんだってさ。」
「やっとか。ざまーみろだ。」
だれも　かなしんで　いません。
むしろ　よろこんで　います。
（まさか　わたしが……？）
スクルージは　ぞっと　しました。

つぎに、スクルージは　はかばへ
つれて　いかれました。
そこには　ティムの　はかが　ありました。
「まだ　こんなに　小《ちい》さいのに……。」
ボブと　その　かぞくが　かなしそうに
ないて　います。スクルージも
かわいそうに　おもいました。
その　とき、かねが　なりました。
ゴーン　ゴーン　ゴーン

スクルージは　はっと　目《め》を　さましました。

あたりは　あかるく　なって　います。

ゆめを　見《み》たのでしょうか。

「そうだ！　きょうは　クリスマスだ！」

スクルージは　大《おお》いそぎで　プレゼントを
かって、フレッドの　いえへ　いきました。

「メリー・クリスマス！」

「おじさん、きて　くれたんですね。」

「ああ、ごちそうを　もって　きた。

みんなで　たべよう。」

それから、ボブの　いえへ　むかいます。

「メリー・クリスマス！」

「スクルージさん!?　いったい
どうしたんですか？」

「いままで　すまなかったな。これから
きゅうりょうは　二《に》ばいに　する。」

「ええ!?　ほんとうですか?」
「あと、ティムの　びょう気《き》は
いい　いしゃに　みて　もらおう。
金《かね》は　わたしが　出《だ》す。」
「ほんとうに　ありがとう　ございます!
こんなに　うれしい　クリスマス・
プレゼントは　ありません。」
スクルージは　すっかり　こころを
入《い》れかえました。こまった　人《ひと》を　たすけ、
かぞくや　ともだちを　たいせつに
して、町《まち》の　人《ひと》たちからも　したわれ、
しあわせに　くらしました。

あとがき

クリスマスが近づくと、町はきれいなイルミネーションでかざられます。お子さまにとってはプレゼントがもらえ、おいしいごちそうやケーキが食べられる、一年のなかでもとくに楽しみな季節でしょう。

ところで、クリスマスの本当の意味をご存じですか？　一般的に12月25日はキリストの誕生日として知られていますが、じつはキリストの本当の誕生日はわかっていません。もともと土着の太陽信仰のお祭りがローマ暦の冬至にあたる12月25日に行われていたため、キリストも「光」であるとして、土着のお祭りを吸収するようなかたちで、この日がキリストの降誕を祝う日、つまりクリスマスとして定着しました。

アメリカやヨーロッパなど、キリスト教の国では、クリスマスはとても大切な宗教行事です。いっぽう日本では、大晦日や新年と近いため、にぎやかに祝うイベントとしてすっかりおなじみになりました。

この本には、そんなクリスマスや寒い季節にまつわるお話が10話入っています。お子さまへの読み聞かせに最適ですし、文字が読めるようになったお子さまなら、ひとり読みの絵本としてもご活用いただけます。

寒い冬に、心温まる時間を過ごせますように。

神戸万知

編著／神戸万知（ごうどまち）

東京都生まれ。英米文学翻訳家・作家。ニューヨーク州立大学卒業、白百合女子大学大学院博士課程満期退学。神奈川大学、白百合女子大学、成蹊大学など非常勤講師。主な翻訳に「ドラゴン・スレイヤー・アカデミー」シリーズ、「ロンド国物語」シリーズ（ともに岩崎書店）、『バレエものがたり』、『二つ、三ついいわすれたこと』（ともに岩波書店）、『メキシコへ　わたしをさがして』（偕成社）、「マジック・バレリーナ」シリーズ（新書館）、「見習い魔女ベラ・ドンナ」シリーズ（ポプラ社）、著書に『世界一のパンダファミリー』（講談社）、『ありがとう　パンダ　タンタン　激動のパン生』（技術評論社）など多数。

絵／おおさわちか　木原未沙紀　坂口友佳子　さかたきよこ　たざわちぐさ　たなか鮎子　Naffy　にしざかひろみ　PEIACO　松村真依子

デザイン／デザインわとりえ（藤野尚実）

編集／小学館クリエイティブ（伊藤史織）

クリスマスに読みたい10のおはなし

編　著　神《ごう》戸《ど》万《ま》知《ち》

発行者　深見公子

発行所　成美堂出版
〒162-8445　東京都新宿区新小川町1-7
電話(03)5206-8151 FAX(03)5206-8159

印　刷　共同印刷株式会社

ISBN978-4-415-33498-1
落丁·乱丁などの不良本はお取り替えします
定価はカバーに表示してあります